Analyse de l'œuvre

Par Delphine Leloup et Lucile Lhoste

Le Meilleur des mondes

d'Aldous Huxley

lePetitLittéraire.fr

Rendez-vous sur lepetitlitteraire.fr et découvrez :

Plus de 1200 analyses
Claires et synthétiques
Téléchargeables en 30 secondes
À imprimer chez soi

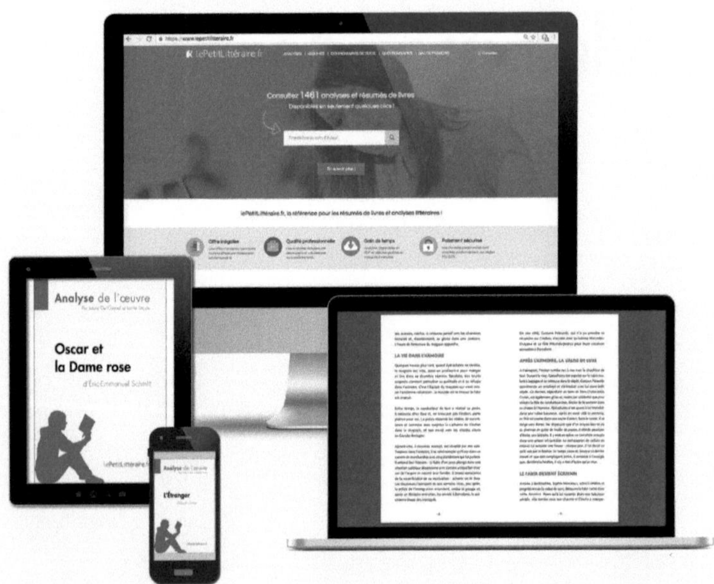

ALDOUS HUXLEY

ÉCRIVAIN BRITANNIQUE

- **Né en 1894 à Godalming (Angleterre)**
- **Décédé en 1963 à Los Angeles**
- **Quelques-unes de ses œuvres :**
  - *Musique nocturne* (1931), roman
  - *Retour au meilleur des mondes* (1958), roman
  - *Île* (1962), roman

Né en 1894, Aldous Huxley est un écrivain anglais engagé. Il a connu et dénoncé les grands régimes totalitaires du XXᵉ siècle, ainsi que les pressions sociales qui en résultaient. Atteint de cécité en 1914, il est réformé par l'armée et peut ainsi se consacrer à sa formation intellectuelle, et plus particulièrement à la littérature anglaise qu'il a étudiée à Oxford.

Il rédige son premier roman à 20 ans, mais son succès principal survient 12 ans plus tard avec *Le Meilleur des mondes*. Il est à noter qu'Aldous Huxley a souvent écrit sous l'emprise de substances illicites. Elles ont probablement été des adjuvants pour la rédaction de ses fictions. Ce grand visionnaire est mort en 1963 à Los Angeles.

LE MEILLEUR DES MONDES

UNE VISION DE LA SOCIÉTÉ

- **Genre :** roman de science-fiction
- **Édition de référence :** *Le Meilleur des mondes*, traduit de l'anglais par Jules Castier, Paris, Pocket, 2002, 284 p.
- **1re édition :** 1932
- **Thématiques :** conditionnement, consumérisme, individualisme, technologie, liberté, eugénisme

Le Meilleur des mondes est un roman de science-fiction publié en 1932, qui met en scène un monde « parfait » où chaque être appartient à une classe sociale définie, qui détermine ses besoins et son avenir. Privés de liberté, les individus adhèrent pourtant à cette vie pour laquelle ils ont été conditionnés dès leur plus jeune âge.

À travers ce roman, Huxley met en garde contre les dérives de la société occidentale, consumériste et individualiste, où la technologie prend de plus en plus de place. La contre-utopie fut également exploitée par d'autres écrivains tels que, par exemple, George Orwell dans *1984* et *La Ferme des animaux*.

RÉSUMÉ

LA VISITE

L'État mondial est constitué de différentes classes sociales (nommées alpha, bêta, gamma, delta et epsilon, à leur tour divisées en « plus » ou « moins ») entre lesquelles sont répartis les individus. Les premières sont réservées aux intellectuels et les dernières aux manuels ; ces différences sont savamment entretenues par l'éducation donnée à chaque individu.

C'est en substance ce qu'explique à de jeunes recrues le directeur du Centre d'incubation et de conditionnement (D.I.C.) qui, leur faisant visiter les lieux, évoque des expériences scientifiques inédites. En effet, il dirige une équipe de chercheurs qui coordonnent la naissance des bébés qui formeront la société du meilleur des mondes possibles.

Un jeune savant, M. Foster, guide la suite de la visite et détaille les différentes phases de création d'un être humain. Ils s'approchent d'une couveuse, où les nourrissons subissent des tests qui doivent avoir des répercussions sur leurs passions à venir. Les étudiants rencontrent ensuite Mustapha Menier, l'un des dix administrateurs mondiaux, qui leur rappelle les bienfaits d'une vie indépendante de toute famille et de tout foyer.

Parallèlement, lors d'une conversation avec l'une de ses collègues, Lénina Crowne avoue sa fidélité à Henry Foster. Or la fidélité amoureuse est condamnée par le régime. Elles parlent ensuite de Bernard Marx, le bougon idéaliste qui semble plaire à Lénina. Après avoir convenu d'un rendez-vous avec cette dernière, Marx rend visite à son ami Helmholtz Watson et, ensemble, ils évoquent leur désir de liberté d'expression. De son côté, Lénina revoit Henry Foster et passe du temps avec lui. Marx, lui, se rend à l'Office de solidarité pour communier avec les autres, après s'être mis dans un état de transe grâce au soma, une puissante drogue. Pourtant, cette séance qui devait lui apporter le bonheur n'a sur lui aucun effet.

LE « SAUVAGE »

Peu de temps après, Marx passe ses vacances avec Lénina et tente de la conscientiser sur le conditionnement qu'ils subissent. Gênée, elle le persuade de se droguer pour oublier sa solitude. Alors qu'ils visitent la réserve des sauvages au Nouveau-Mexique, le couple rencontre John et sa mère, Linda, une ancienne bêta moins qui s'est perdue dans ces contrées quelques années plus tôt, au cours d'une randonnée avec le D.I.C., et qui a élevé son fils de façon à ce qu'il comprenne la culture du monde civilisé et qu'il puisse lire.

Celui-ci manifeste un vif intérêt pour cet univers de technologies, et Marx estime qu'il serait intéressant de le lui faire découvrir. John accepte sans se douter que ce monde le conduira à sa perte. Marx obtient des laissez-passer et retourne à la réserve chercher son protégé. De retour au centre de conditionnement, alors qu'il est sur le point de se faire renvoyer par le D.I.C., Marx présente Linda et John au grand public. Tous deux interpellent le directeur, le père de John, qui ne supporte pas cette humiliation publique : il quitte alors la pièce sur-le-champ et démissionne.

Gardien du « sauvage », Bernard occupe à présent une place de choix : les femmes se pressent pour le voir, il donne des soirées et acquiert de la notoriété. John, cependant, commence à remarquer les méfaits de cette société sur sa mère, maintenant droguée au soma. L'intérêt de ce dernier pour Lénina grandit et il tente de se tenir à l'écart d'elle et de la scène publique, ce qui force Bernard à renoncer à ses rêves de gloire. Lénina, aussi éprise de John qu'il l'est d'elle, se rend chez lui dans l'espoir de le séduire. Mais, contre toute attente, il la rejette : toute relation charnelle entre eux briserait l'image parfaite qu'il a conçue d'elle.

Plus tard, on apprend que Linda est à l'agonie. John lui rend donc visite à l'hôpital, où son chagrin est perçu comme une manifestation honteuse par les infirmières et les enfants présents dans la salle. Après la mort de sa mère, John décide d'informer les gens sur les conséquences d'une consommation abusive de soma. Malheureusement, leur conditionnement est si poussé qu'ils ne comprennent pas la portée de son discours.

LES JUGEMENTS

Par la suite, John, Watson et Bernard sont emmenés par la milice pour être jugés parce qu'ils ne parviennent pas à s'intégrer au système. Après un long débat au sujet du meilleur des mondes et du bienfondé de ses principes, Mustapha Menier décide du sort des trois inculpés. Puisque Bernard Marx vit en marginal, il est envoyé en Islande, où son moi intérieur pourra s'épanouir et où il vivra avec des gens qui lui ressemblent davantage. C'est pour lui l'occasion de vivre en accord avec sa personnalité. Watson connait la même sentence : il doit s'exiler dans les iles Falkland (également appelées « iles Malouines », dans l'Atlantique sud, non loin des côtes argentines). John désire les suivre, mais Menier veut continuer l'expérience de son intégration à la civilisation ; le sauvage doit donc rester.

Pendant son laïus, Menier avoue savoir que les principes de l'État mondial sont contraires aux libertés parce qu'ils ne peuvent être remis en question. Il fait preuve de tolérance et de compréhension vis-à-vis des trois réfractaires au système. Une discussion au sujet de Dieu s'engage ensuite entre l'administrateur et John, qui finit par se faire offrir de nombreux livres prohibés de l'ancien régime.

Désireux de se retrouver seul, ce dernier emménage dans un phare où il est régulièrement harcelé par des journalistes et des visiteurs qui l'épient comme s'il était un animal. Se sentant coupable d'avoir abandonné sa moralité en vivant dans un nouvel univers, il s'automutile, torturé par son amour pour Lénina. Incapable de trouver le salut, et poussé à la folie par ses pulsions sexuelles irrépressibles, il décide de mourir et se pend.

ÉTUDE DES PERSONNAGES

BERNARD MARX

Bernard Marx appartient à la caste alpha et est employé au bureau de psychologie. Complexé, il se décrit comme laid, proportionné, mais bien trop petit pour sa qualité de citoyen alpha. Cette déficience physique résulte d'une anomalie survenue durant sa conception. En effet, chaque bébé grandit dans un utérus dans lequel différents produits sont injectés. Les scientifiques inoculent, par exemple, de l'alcool aux embryons de la caste gamma pour stopper leur croissance. Dans le roman, une rumeur dit que Bernard Marx aurait malencontreusement subi ce traitement. Il déteste d'ailleurs travailler avec des gamma car il a peur qu'on ne le confonde avec eux, étant donné leur morphologie semblable (chapitre IV).

Il a une assez mauvaise réputation auprès de ses confrères. Son caractère se modifiera après sa rencontre avec John, dit le Sauvage.

Avant sa rencontre avec John

Discret et à l'écart du groupe, Bernard Marx se sent inférieur aux autres. Profondément romantique, il accepte mal la liberté de mœurs du « meilleur des mondes » qui relègue les hommes et les femmes au rang d'objets sexuels (chapitre III). Rebelle, il n'apprécie pas le mode de fonctionnement de la nation dans laquelle il vit.

Son travail d'hypnopédie (apprentissage durant le sommeil)

sur les jeunes enfants lui parait contraignant et surtout profondément stupide. Sa lassitude est souvent prise par ses concitoyens comme de la mauvaise humeur. Pourtant, il souffre de ne pas se sentir intégré à la société à cause de ses différences.

Après sa rencontre avec John

Une fois revenu de la réserve, Bernard Marx connait la popularité. Étant devenu le gardien de John, quiconque veut voir ce dernier doit passer par lui, ce qui lui confère du pouvoir. Il prend alors confiance en lui. Sa prétention fait fuir ses amis Helmholtz et John qui se sentent dénigrés ou utilisés. Mais sa notoriété ne durera pas et il replongera bien vite dans l'anonymat.

Par ailleurs, il fait souvent preuve de lâcheté (par exemple lors de son arrestation ou face à sa condamnation). Il tente même d'utiliser Linda pour contester une sanction émise par le Directeur contre lui, en le faisant reconnaitre comme le père de John, afin de le ridiculiser. Mais cela ne lui permet pas d'échapper à la condamnation et à l'exil en Islande (qu'il cherche à éviter depuis longtemps). Il fait ses adieux à Watson et à John quelque temps plus tard

HELMHOLTZ WATSON

Helmholtz Watson est un citoyen alpha travaillant pour le collège des ingénieurs en émotions en qualité de maitre de conférences. En dehors de cela, il écrit parfois dans une revue radiophonique et a un don pour la rédaction de slogans relatifs à l'hypnopédie. La poésie est une de ses passions.

D'un point de vue physique, Watson est un homme bien bâti, massif et large d'épaules. Il a les cheveux noirs et bouclés, et les traits du visage bien marqués. En résumé, il est tout simplement beau et athlétique comme doit l'être un alpha plus.

Victime d'un excès mental, Watson prend admirablement des initiatives, et ses capacités peuvent être sources de jalousie. Il se sait différent et cherche en vain comment pallier ce vide qu'il ressent. Il ne sait comment diffuser son intelligence et a l'impression de la gaspiller en ne l'employant pas constructivement. Il a une bonne nature et pardonne facilement.

Watson prête mainforte à John lorsqu'il se bat contre des deltas à l'hôpital, ce qui lui vaut son arrestation. Toujours guidé par l'écriture, il choisit comme lieu d'exil les iles Falkland, plus propices selon lui à la création littéraire.

LÉNINA CROWE

Lénina Crowe est une infirmière de la caste bêta plus qui travaille pour le département des fécondations. Particulièrement jolie et libérée, la « pneumatique » (terme utilisé pour évoquer la perfection physique, un corps bien proportionné) Lénina attire les regards de tous les hommes et l'amitié de toutes les femmes. Elle se distingue, au début du roman, par son attachement à Henry Foster, le bellâtre du centre ; or la tendresse est fortement prohibée dans ce monde parfait. Bien qu'elle reconnaisse certains défauts au meilleur des mondes, elle ne souhaite pas se rebeller contre son système. Au contraire, elle se persuade qu'il est bon et qu'il mérite d'être respecté même si elle n'en suit pas toutes les règles.

Elle admire le pouvoir de certains hommes : Henry Foster lui plait pour sa beauté et sa science ; Bernard Marx l'attire en éveillant sa curiosité et John la magnétise par sa culture si différente et libre. Au chapitre XI, elle éprouve des sentiments réels pour John et s'en retrouve très malheureuse. Son orgueil est blessé quand elle le croit indifférent à ses charmes. Elle sombre ensuite dans une profonde mélancolie et va jusqu'à éconduire Foster, obsédée par son nouvel amour pour John. Indifférente aux notions d'union et de fidélité, des valeurs primordiales pour le sauvage, elle ne peut le conquérir. Cette distance atteint son paroxysme quand John, la voyant se joindre à la foule des curieux autour du phare avec Henry, s'en prend physiquement à elle.

JOHN

John ne possède pas de nom de famille car il n'est pas civilisé. Né dans la réserve, il est le fruit des amours d'une mère bêta moins, Linda, et du directeur du Centre d'incubation et de conditionnement. Physiquement très beau, John a reçu une bonne éducation et parle anglais. Il connait même Shakespeare (dramaturge anglais, 1564-1616) qu'il cite. Cet apprentissage de la vie, différent de celui prodigué dans l'État mondial, permet au garçon d'analyser l'univers et les choses avec recul. Ce faisant, il s'aperçoit du manque total de liberté qui caractérise cette société.

Désireux de s'affirmer, il aurait aimé participer à un rite de passage (chapitre VII), mais n'en a pas eu le droit à cause de son teint et de ses origines. Timide, il n'ose pas regarder Lénina quand il s'adresse à elle, bien qu'il en soit follement épris. Toute passion amoureuse avec elle lui étant interdite, il la vit à travers la poésie et l'idéalise. Proche de la nature, il se sent rapidement à l'étroit dans ce nouveau monde qu'il découvre. Il n'y trouve aucune authenticité et aucune liberté. La froideur des gens envers la mort l'indigne profondément. Très attaché aux valeurs d'honnêteté et de respect de soi, John se sent coupable d'avoir quitté la réserve et de s'être « vendu » pour connaitre la civilisation. Dès lors, il agit en martyr, se mutile et finira par en mourir.

LINDA

Linda est la maman de John, qu'elle a conçu de façon naturelle. Son apparence est répugnante : elle est grosse, blonde, édentée et sale. Son visage est ridé, abimé et tout veiné de rouge. Elle présente un état de vieillesse avancé.

Elle regrette sa condition de femme civilisée, quand elle était une travailleuse bêta moins dans le meilleur des mondes. Elle explique à ses nouveaux amis qu'elle a eu beaucoup de mal à se faire à la saleté, à la jalousie et aux mauvaises conditions de vie de la réserve. Désespérée, elle noie son chagrin dans l'alcool car, de son propre aveu, elle n'est jamais parvenue à s'habituer aux coutumes de son nouveau pays. Esclave de l'alcool et du soma, c'est-à-dire de tout ce qui lui permet d'échapper à la réalité, elle décède à l'hôpital sous les yeux de son fils.

HENRY FOSTER

Henry Foster est chercheur pour le Centre d'incubation et de conditionnement. Il est blond, a l'œil bleu et vif et est bel homme. Très sûr de lui, cet alpha parle très vite, à la manière des gens inquiets.

Il réprime tout sentiment pour Lénina qui est pourtant sa partenaire sexuelle régulière au début du roman. Taquin, il aime ennuyer Bernard Marx et se moquer de ses états d'âme. Il est assez énergique et semble véritablement passionné par son travail, qu'il raconte à qui veut l'entendre. Il a réponse à tout, est très instruit et un peu orgueilleux.

MUSTAPHA MENIER

Mustapha Menier a un haut poste dans la société : il est administrateur résident de l'Europe occidentale et est l'un des dix administrateurs mondiaux. Très à cheval sur la bonne marche de la société au début du roman, il fait preuve de plus de tolérance dans les derniers chapitres. Menacé d'exil dans son jeune temps, il a préféré abandonner sa passion pour la science et accepter un poste à responsabilités pour éviter le bannissement. Très curieux et cultivé, Menier a lu un nombre considérable de livres et vu énormément de films anciens. Il en a retiré cette ouverture d'esprit qui manque aux autres citoyens.

CLÉS DE LECTURE

L'UTOPIE ET LA DYSTOPIE EN LITTÉRATURE

Le terme *utopia* (mot grec signifiant « nulle part ») a été employé pour la première fois en 1516 par Thomas More (humaniste anglais, 1478-1535). Dans le roman du même nom, celui-ci décrit Utopie, un pays paradisiaque bénéficiant d'une bonne cohésion sociale et d'une répartition équitable des tâches entre les hommes. Dans ce monde sans dieu, maitre ou clivages sociaux, les êtres vivent ensemble en toute cordialité.

Cette pensée, autrefois basée sur les idées de Platon (philosophe grec, 427-348/347 av. J.-C.) et d'Aristote (philosophe grec, 384-322 av. J.-C.), a été revisitée par les intellectuels du XXe siècle qui ont choisi de développer son contraire, la dystopie. Aussi parfaite qu'elle puisse paraitre dans son organisation, une société peut tomber dans les travers d'une dictature. C'est précisément ce qu'a voulu dénoncer Huxley dans *Le Meilleur des mondes*.

PLATON ET L'UTOPIE

Dans *La République*, Platon postule la possibilité d'une cité idéale, où les hommes vivraient en totale harmonie. Il y expose les propos de Socrate sur la constitution et les conditions de viabilité d'une telle cité. Celle-ci serait dirigée par des philosophes afin que la raison domine et non les passions.

Il n'admet toutefois pas qu'il s'agisse d'une utopie à proprement parler parce qu'elle a été créée par la raison. Elle est donc tout à fait réaliste.

Bien que l'on ait souvent qualifié ce livre de visionnaire, Huxley a avoué qu'il n'avait jamais été dans son intention d'inventer le futur, mais qu'il voulait écrire au sujet des dictatures dont il savait qu'elles verraient le jour. Selon lui, il était logique qu'une élite prenne tôt ou tard le contrôle des populations et amène celles-ci à un état de servitude, en usant de terreur psychologique ou de produits pharmacologiques dopants. Pour Huxley, le divertissement et les drogues sont des éléments pouvant pousser l'homme à apprécier l'esclavage et la manipulation dont il est victime. Il est en effet un instrument au service d'une société qui cherche à créer des hommes parfaits pour le rôle que celle-ci veut leur donner.

LA MENACE TECHNOLOGIQUE ET LE CONDITIONNEMENT SOCIAL

Darwinisme et eugénisme

D'après la théorie de Charles Darwin (naturaliste anglais, 1809-1882), il existe deux groupes d'individus : les forts et les faibles. La première caste fait preuve de débrouillardise et peut survivre dans ce monde, tandis que la seconde, plus chétive, tend à disparaitre. Cette sélection est dite naturelle.

L'eugénisme, contrairement au darwinisme, prône une reprise en main de la catégorie « faible ». En effet, une fois celle-ci débarrassée des tares qui pouvaient la handicaper, elle peut être « reformatée » et réinsérée dans la société. L'eugénisme fut historiquement employé par certains régimes totalitaires pour assurer une amélioration, voire une perfection, de sa population (pensons par exemple à la race aryenne recherchée par Hitler). Aux XXe et XXIe siècles, cette doctrine profite des sciences et des technologies pour se développer. Aujourd'hui, elle est impliquée dans de grands débats tels que l'avortement, l'euthanasie, le problème de la surpopulation, l'acharnement thérapeutique ou les malformations à la naissance.

L'eugénisme dans *Le Meilleur des mondes*

L'eugénisme consiste à modifier le patrimoine génétique des individus pour parvenir à un but donné. Cette technique est utilisée dans *Le Meilleur des mondes* puisque les scientifiques interviennent sur les individus dès leur conception : chaque citoyen subit en effet une série de manipulations génétiques pour le faire correspondre physiquement et mentalement à la classe sociale dans laquelle la société veut l'insérer.

Il n'existe plus qu'un seul endroit où les enfants sont conçus naturellement : la réserve. Celle-ci est toutefois stigmatisée et considérée comme sauvage. Il faut qu'un garçon du monde civilisé, John, franchisse cette barrière pour provoquer un bouleversement dans la société.

Cet eugénisme de masse a donc ses travers : bien qu'ils acceptent leur sort, les habitants n'en sont pas moins malheureux. Ils tentent de compenser la monotonie de leur existence dans des loisirs couteux et par la prise de drogue, mais ne peuvent toutefois pas échapper à leur condition. Ce faisant, Huxley critique l'eugénisme car il est à l'origine d'une forme de ségrégation et d'un clivage social.

Le divertissement et le bonheur

Dans le roman, les hommes vivent dans la sérénité sans se porter aucun sentiment. Dans cet État mondial inspiré par Henry Ford (industriel américain, 1863-1947, inventeur du fordisme, théorie ayant pour but l'accroissement de la productivité), il n'y a pas de liens fraternels, ni de passions, mais seulement des émotions contrôlées. La notion de couple est jugée mauvaise car l'exclusivité amoureuse est strictement interdite dans cette société robotisée.

HENRY FORD ET LE FORDISME

Né dans le Michigan, Henry Ford commence sa carrière en tant qu'apprenti mécanicien. Il construit son premier modèle automobile en 1896 et collabore ensuite avec Thomas Edison (inventeur et industriel américain, 1847-1931). Au début du XXᵉ siècle, il construit avec des amis une voiture de course ; les succès engrangés lui permettent de fonder sa propre entreprise.

Le fordisme, un modèle d'organisation du travail qu'il a inventé, repose sur plusieurs facteurs : le travail à la chaine par la subdivision des étapes du processus, la production de masse et l'augmentation du salaire des ouvriers pour éviter des démissions. Tout est automatisé et géré dans un cadre strict, propre à susciter la consommation. Le système social de l'État mondial participe à une telle logique : les classes sont structurées de manière à ce qu'il y ait plus de main d'œuvre et que, chacun étant à sa place, le travail se fasse automatiquement et efficacement. En contrepartie, les travailleurs sont limités dans leurs divertissements et leurs possibilités d'épanouissement professionnel.

Deux personnages iront toutefois à l'encontre de cet « idéal » :

- Bernard Marx est partisan de la fidélité dans le couple. Sa vision de la félicité se résume à connaitre une passion violente mais aussi à s'isoler du monde trop moderne qui l'entoure (voir la scène de la fusée qui les conduit à Amsterdam, chapitre VI) ;
- John, lui, résume le bonheur en un mot, liberté. Il veut se divertir simplement et sans recourir aux nouvelles technologies. Il souhaite aimer sans se soumettre aux contraintes qu'impose la société en matière de sentiments.

Par ailleurs, dans le livre, la culture a été abolie pour faire place à des distractions payantes et qui engagent les hommes à acquérir encore davantage de biens. Tout divertissement aura une répercussion économique ou ne sera pas.

La société de consommation et la mondialisation

À travers ce livre, Huxley critique également la société de consommation voire de surconsommation à laquelle a contribué la révolution industrielle. Celle-ci s'est développée en Europe et en Amérique entre 1800 et 1930. Différents secteurs d'activité, comme la métallurgie ou la construction automobile, ont connu un meilleur rendement grâce à l'application du taylorisme (du nom de l'ingénieur américain, Frederick Winslow Taylor, 1856-1915). Ce système d'organisation consistait à morceler le travail et à en confier chaque partie à un travailleur qui se perfectionne au fur et à mesure dans sa tâche, devenant ainsi plus rapide pour l'accomplir. *Le Meilleur des mondes* fonctionne de la même façon : le travail est évalué, distribué à une caste et divisé entre les travailleurs de celle-ci. La manipulation exercée sur les enfants, dès la naissance, les enferme dans un besoin de consommation qui génèrera une éternelle relance de l'économie. Les attraits de ces hommes pour les biens matériels leur sont inculqués et de cette manière l'offre fait bel et bien la demande plutôt que le contraire.

La mondialisation est également abordée par Huxley puisqu'il place son action dans un État mondial dont le siège est Londres. Toutes les nations ont été fusionnées en une seule, ce qui offre un avantage non négligeable : il est impossible pour cette patrie d'entrer en guerre avec un quelconque autre pays. En contrepartie, le monde est régi par une poignée d'hommes omnipotents et dictatoriaux.

UN MONDE DEVENU RÉALITÉ ?

Bien que l'auteur ait surtout voulu décrire dans son roman une société pouvant voir le jour dans un futur éloigné, il doit se rendre à l'évidence 25 ans plus tard : le monde qu'il décrit présente des similitudes plus que troublantes avec la société de son époque ; son « meilleur des mondes » est survenu bien plus rapidement que prévu :

« En Occident, il est vrai, hommes et femmes jouissent encore dans une appréciable mesure de la liberté individuelle, mais même dans les pays qui ont une longue tradition de gouvernement démocratique cette liberté, voire le désir de la posséder, paraissent en déclin. Dans le reste du monde, elle a déjà disparu, ou elle est sur le point de le faire. » (HUXLEY A., *Retour au meilleur des mondes*, traduit de l'anglais par Denise Meunier)

Il n'est bien sûr pas question d'une totale ressemblance entre cette société et celle de 1958 (date de publication de *Retour au meilleur des mondes*), même si le monde a bel et bien évolué. Selon lui, le monde a plus de chances de ressembler à ce qu'il a imaginé dans son roman, plutôt qu'à ce qui est présenté dans celui d'Orwell (*1984*), bien qu'il conçoive que ce dernier pouvait être vraisemblable à l'époque de l'écriture du roman. Le monde d'Orwell repose en effet sur la crainte du châtiment, qui est quasi inexistant chez Huxley. Globalement, au lieu du totalitarisme répressif de *1984*, le monde tend vers un totalitarisme plus sournois, car dissimulé mais tout aussi prégnant.

La société du *Meilleur des mondes* laisse toute liberté à l'individu d'aimer ou de se divertir, mais c'est pour mieux le manipuler. Si l'homme est libre dans le choix de ses relations, c'est parce que la société réprime en fait la fidélité amoureuse ; s'il peut se divertir, ce n'est en fait qu'en ayant recours aux loisirs collectifs contrôlés par le régime, ou encore via la prise du soma.

Les progrès technologiques du monde réel d'alors (des machines facilitent le travail ouvrier ; des moyens de transport nouveaux permettent de voyager plus vite et plus loin ; la télévision domine la radio et le cinéma dans les foyers), à priori au service de l'individu, servent en réalité au développement d'une société cadrée et organisée, plus à même de surveiller ses occupants à la manière d'un Big Brother (entité toute puissante de *1984*). Mais à la différence de celui-ci, cette surveillance est insidieuse, moins apparente, et laisse la population dans une relative tranquillité.

Dans *Retour au meilleur des mondes*, un essai dans lequel l'auteur défend les rapprochements qui se sont opérés entre la société de 1958 et celle de son *Meilleur des mondes*, un nouvel éclairage est jeté sur la société qu'il avait imaginée. Présentée comme utopique, quoique réaliste, dans son roman, elle est aujourd'hui devenue beaucoup plus vraisemblable. La société serait en effet peu à peu amenée à évoluer grâce aux technologies pour revêtir plusieurs traits prégnants dans *Le Meilleur des mondes* :

- une population déshumanisée et passive, coupée du bonheur par un excès d'organisation et de monotonie dans sa vie de tous les jours (comme la population du *Meilleur des mondes*, qui n'atteint réellement la plénitude que par la prise de drogue) ;
- un conditionnement social tel que l'on ne penserait plus qu'en termes de classes, à la manière de celles présentes dans *Le Meilleur des mondes*, et que chacune occuperait un certain rang par rapport aux autres.

Huxley estime qu'on ne pourrait pas imposer une uniformité génétique via les embryons (même si les progrès actuels de l'eugénisme tendent à infirmer cette hypothèse), c'est la raison pour laquelle il a posé l'idée d'une uniformité par l'esprit. Celle opérée dans *Le Meilleur des mondes*, par un entretien de la satisfaction de la population et de la coutume des classes sociales, semblait être la plus probable à ses yeux.

L'auteur dénonce aussi la possibilité d'un système totalitaire qui n'en aurait pas fondamentalement l'apparence. L'essai démontre que les craintes et les interrogations suscitées par le premier n'ont pas vraiment vieilli, et sont même plus actuelles que jamais. Notre lien indéfectible à la technologie n'est plus à démontrer ; des valeurs aussi essentielles que la vérité et l'éthique sont sacrifiées sur l'autel du progrès. Par le contrôle et la consommation, *Le Meilleur des mondes* veut rendre sa société idéalement totalitaire, mais écrase au passage les bases de la société telle que la famille. Huxley le constate dans *Retour au meilleur des mondes* : la société tombe de plus en plus dans les travers qu'il a décrits en 1932. Afin de contrecarrer cette évolution, il préconise, pour reconquérir sa liberté, l'éducation et le travail plutôt que les relations interpersonnelles.

LA LIBERTÉ EN DANGER

Huxley écrira en 1958 que « la liberté ne peut naître et avoir un sens que dans une communauté d'individus coopérant sans contrainte à la réglementation de l'ensemble » (HUXLEY A., *Retour au meilleur des mondes*, traduit de l'anglais par Denise Meunier). On pourrait considérer que c'est le cas dans *Le Meilleur des mondes* tant les personnages sont conditionnés à se satisfaire de leur vie et croient que le modèle de société dans lequel ils vivent est construit pour le bien de tous.

Les failles de ce système apparaissent néanmoins assez vite. Dès la conception, le physique et le caractère des individus sont rigoureusement contrôlés. Par la suite, les gens sont soumis à une série de règles supposées participer au bon fonctionnement de leur vie mais qui sont en fait un frein à leurs désirs profonds. Lénina, par exemple, entretient une relation suivie avec Foster, ce qui est interdit par la prohibition de la fidélité sexuelle et affective, puis éprouve des sentiments très forts – et réciproques – envers John.

Les personnages du roman, lorsqu'ils prennent conscience de ce décalage, se détournent de la société à un tel point qu'ils sont en général condamnés à en être exclus :

- Marx et Watson sont exilés dans des endroits éloignés, sous le prétexte que leur vraie personnalité pourra y trouver son épanouissement ;
- John, incapable de trouver son salut dans un monde à ce point éloigné du sien, ne trouve de repos que dans l'automutilation et la mort.

Ces deux fins sont emblématiques de la loi édictée dans *Le Meilleur des mondes* : le système omnipotent règne et ceux qui s'en détournent n'y ont plus leur place. Aldous Huxley craignait que cela devienne également le cas dans la société réelle.

PISTES DE RÉFLEXION

QUELQUES QUESTIONS POUR APPROFONDIR SA RÉFLEXION...

- Quels sentiments et quels comportements courants pour nous ne sont pas admis dans la société du *Meilleur des mondes* ? Pourquoi ?
- Quels points communs peut-on trouver entre notre société et la société décrite dans *Le Meilleur des mondes* ? Développez.
- Avec les progrès de la manipulation génétique, la fiction de Huxley risque-t-elle un jour de devenir réalité ? Expliquez.
- Dans une autre contre-utopie célèbre du XXᵉ siècle, *1984*, George Orwell imagine lui aussi ce que serait l'Angleterre du futur. La société totalitaire qu'il décrit n'est toutefois pas la même que celle de Huxley. En quoi s'en distingue-t-elle ? Expliquez.
- Dans *Le Meilleur des mondes*, la société est divisée en plusieurs castes, auxquelles correspondent des aptitudes physiques et intellectuelles, génétiquement déterminées. Dans un tel système, les castes supérieures, les plus privilégiées, n'ont pas de raison de se plaindre. En revanche, les castes inférieures auraient bien de quoi se rebeller. Pourquoi ne le font-elles pas ? Expliquez.
- Pourrait-on trouver des équivalents au soma dans notre société actuelle ? Lesquels ?
- Imaginez à quoi pourrait ressembler la vie en Islande pour Bernard Marx.
- Huxley a-t-il conçu cette œuvre comme une pure fiction

ou estimait-il qu'elle prophétisait une certaine réalité ?
Justifiez votre réponse.

- Comment peut-on caractériser la notion de liberté dans
Le Meilleur des mondes ?
- À quelle logique obéit la consommation dans le roman ?
Peut-on dire qu'elle est au service de quelque chose ?

POUR ALLER PLUS LOIN

ÉDITION DE RÉFÉRENCE

- HUXLEY A., *Le Meilleur des mondes*, Paris, Pocket, 2002.

Ce roman a bénéficié d'une suite appelée *Retour au meilleur des mondes* publiée en 1958. Cet essai pointe du doigt l'effrayant monopole des régimes totalitaires sur le monde. Ce pamphlet vise à mettre en garde les populations contre ces mouvements autoritaires qui empiètent subrepticement sur leurs libertés. Trente années se sont écoulées entre le premier et le second tome, le temps pour Huxley d'analyser l'évolution des politiques européennes et de la comparer avec l'idée qu'il s'en était faite dans *Le Meilleur des mondes*.

ÉTUDES DE RÉFÉRENCE

- « Aldous Huxley : faire aimer à la population sa propre servitude », in *Songes Littéraires*, consulté le 31 aout 2010, http://songes-litteraires.over-blog.com/article-le-meilleur-des-mondes-de-aldous-huxley-26499682.html
- DEBAECKER A.-L., « Le "meilleur des mondes", c'est maintenant ? », in *Le Figaro*, 2015, consulté le 26 septembre 2016, http://www.lefigaro.fr/vox/culture/2015/04/17/31006-20150417ARTFIG00267-le-meilleur-des-mondes-c-est-maintenant.php
- « Dissertation rédigée sur *Le Meilleur des mondes* d'Aldous Huxley », in *Weblettres*, consulté le 1er septembre 2010, http://www.weblettres.net/blogs/article.php?w=MonplaisirLett&e_id=28257

- « Fordisme », in *Henry Ford.fr*, s.d., consulté le 23 septembre 2016, http://www.henryford.fr/fordisme/
- Gaulon J.-F., « Une semaine avec… *Le meilleur des mondes* d'Aldous Huxley », in *Agoravox*, 2012, consulté le 23 septembre 2016, http://www.agoravox.fr/culture-loisirs/culture/article/une-semaine-avec-le-meilleur-des-109049
- Huxley A., *Retour au meilleur des mondes*, traduit de l'anglais par Denise Meunier, consulté le 1er septembre 2016.
- « La mondialisation », in *Encyclopédie de l'Agora*, consulté le 1er septembre 2010, http://agora.qc.ca/mot.nsf/Dossiers/Mondialisation
- Lefèvre T., *La connexion eugéniste, petite histoire de la culture de la mort*, Nanterre, TDD, 1997.
- Romeri L., « L'imaginaire utopique dans le monde grec, la cité idéale de Platon : de l'imaginaire à l'irréalisable », in *Kentron*, 2008, consulté le 26 septembre 2016.
- Traineau B., « La République de Platon », in *Une histoire de l'utopie*, consulté le 29 septembre 2016, http://une-histoire-de-lutopie.edel.univ-poitiers.fr/exhibits/show/sources/sources-antiques/la-r--publique-de-platon
- Vaugirard C., « Aldous Huxley, 50 ans après », in *Cahiers libres*, 2013, consulté le 26 septembre 2016, http://cahierslibres.fr/2013/11/aldous-huxley-50-ans-apres/

ADAPTATIONS

- *Brave New World*, téléfilm de Burt Brinckerhoff, 1980.
- *Le Meilleur des mondes*, téléfilm de Leslie Libman et Larry Williams, 1998.

www.lepetitlitteraire.fr

ISBN version numérique : 978-2-8062-8756-4
ISBN version papier : 978-2-8062-8757-1
Dépôt légal : D/2016/12603/647

Avec la collaboration de Lucile Lhoste pour les chapitres « L'eugénisme dans *Le Meilleur des mondes* », « Un monde devenu réalité ? », « La liberté en danger », ainsi que les compléments d'information sur « Platon et l'utopie » et « Henry Ford et le fordisme ».

Conception numérique : Primento,
le partenaire numérique des éditeurs.

Ce titre a été réalisé avec le soutien de la Fédération Wallonie-Bruxelles, Service général des Lettres et du Livre.

Retrouvez notre offre complète sur lePetitLittéraire.fr

- des fiches de lectures
- des commentaires littéraires
- des questionnaires de lecture
- des résumés

ANOUILH
- Antigone

AUSTEN
- Orgueil et Préjugés

BALZAC
- Eugénie Grandet
- Le Père Goriot
- Illusions perdues

BARJAVEL
- La Nuit des temps

BEAUMARCHAIS
- Le Mariage de Figaro

BECKETT
- En attendant Godot

BRETON
- Nadja

CAMUS
- La Peste
- Les Justes
- L'Étranger

CARRÈRE
- Limonov

CÉLINE
- Voyage au bout de la nuit

CERVANTÈS
- Don Quichotte de la Manche

CHATEAUBRIAND
- Mémoires d'outre-tombe

CHODERLOS DE LACLOS
- Les Liaisons dangereuses

CHRÉTIEN DE TROYES
- Yvain ou le Chevalier au lion

CHRISTIE
- Dix Petits Nègres

CLAUDEL
- La Petite Fille de Monsieur Linh
- Le Rapport de Brodeck

COELHO
- L'Alchimiste

CONAN DOYLE
- Le Chien des Baskerville

DAI SIJIE
- Balzac et la Petite Tailleuse chinoise

DE GAULLE
- Mémoires de guerre III. Le Salut. 1944-1946

DE VIGAN
- No et moi

DICKER
- La Vérité sur l'affaire Harry Quebert

DIDEROT
- Supplément au Voyage de Bougainville

DUMAS
- Les Trois Mousquetaires

ÉNARD
- Parlez-leur de batailles, de rois et d'éléphants

FERRARI
- Le Sermon sur la chute de Rome

FLAUBERT
- Madame Bovary

FRANK
- Journal d'Anne Frank

FRED VARGAS
- Pars vite et reviens tard

GARY
- La Vie devant soi

GAUDÉ
- La Mort du roi Tsongor
- Le Soleil des Scorta

GAUTIER
- La Morte amoureuse
- Le Capitaine Fracasse

GAVALDA
- 35 kilos d'espoir

GIDE
- Les Faux-Monnayeurs

GIONO
- Le Grand Troupeau
- Le Hussard sur le toit

GIRAUDOUX
- La guerre de Troie n'aura pas lieu

GOLDING
- Sa Majesté des Mouches

GRIMBERT
- Un secret

HEMINGWAY
- Le Vieil Homme et la Mer

HESSEL
- Indignez-vous !

HOMÈRE
- L'Odyssée

HUGO
- Le Dernier Jour d'un condamné
- Les Misérables
- Notre-Dame de Paris

HUXLEY
- Le Meilleur des mondes

IONESCO
- Rhinocéros
- La Cantatrice chauve

JARY
- Ubu roi

JENNI
- L'Art français de la guerre

JOFFO
- Un sac de billes

KAFKA
- La Métamorphose

KEROUAC
- Sur la route

KESSEL
- Le Lion

LARSSON
- Millenium 1. Les hommes qui n'aimaient pas les femmes

LE CLÉZIO
- Mondo

LEVI
- Si c'est un homme

LEVY
- Et si c'était vrai…

MAALOUF
- Léon l'Africain

MALRAUX
- La Condition humaine

MARIVAUX
- La Double Inconstance
- Le Jeu de l'amour et du hasard

MARTINEZ
- Du domaine des murmures

MAUPASSANT
- Boule de suif
- Le Horla
- Une vie

MAURIAC
- Le Nœud de vipères

MAURIAC
- Le Sagouin

MÉRIMÉE
- Tamango
- Colomba

MERLE
- La mort est mon métier

MOLIÈRE
- Le Misanthrope
- L'Avare
- Le Bourgeois gentilhomme

MONTAIGNE
- Essais

MORPURGO
- Le Roi Arthur

MUSSET
- Lorenzaccio

MUSSO
- Que serais-je sans toi ?

NOTHOMB
- Stupeur et Tremblements

ORWELL
- La Ferme des animaux
- 1984

PAGNOL
- La Gloire de mon père

PANCOL
- Les Yeux jaunes des crocodiles

PASCAL
- Pensées

PENNAC
- Au bonheur des ogres

POE
- La Chute de la maison Usher

PROUST
- Du côté de chez Swann

QUENEAU
- Zazie dans le métro

QUIGNARD
- Tous les matins du monde

RABELAIS
- Gargantua

RACINE
- Andromaque
- Britannicus
- Phèdre

ROUSSEAU
- Confessions

ROSTAND
- Cyrano de Bergerac

ROWLING
- Harry Potter à l'école des sorciers

SAINT-EXUPÉRY
- Le Petit Prince
- Vol de nuit

SARTRE
- Huis clos
- La Nausée
- Les Mouches

SCHLINK
- Le Liseur

SCHMITT
- La Part de l'autre
- Oscar et la Dame rose

SEPULVEDA
- Le Vieux qui lisait des romans d'amour

SHAKESPEARE
- Roméo et Juliette

SIMENON
- Le Chien jaune

STEEMAN
- L'Assassin habite au 21

STEINBECK
- Des souris et des hommes

STENDHAL
- Le Rouge et le Noir

STEVENSON
- L'Île au trésor

SÜSKIND
- Le Parfum

TOLSTOÏ
- Anna Karénine

TOURNIER
- Vendredi ou la Vie sauvage

TOUSSAINT
- Fuir

UHLMAN
- L'Ami retrouvé

VERNE
- Le Tour du monde en 80 jours
- Vingt mille lieues sous les mers
- Voyage au centre de la terre

VIAN
- L'Écume des jours

VOLTAIRE
- Candide

WELLS
- La Guerre des mondes

YOURCENAR
- Mémoires d'Hadrien

ZOLA
- Au bonheur des dames
- L'Assommoir
- Germinal

ZWEIG
- Le Joueur d'échecs